Mi Mariposa Azul

MERCEDES ALVAREZ RODMAN

Ilustraciones por Alexandra Rodman

Música compuesta por Dan Rodman

Doy gracias a mis primeros lectores porque me dieron la valentía para seguir adelante: Isabella, Jannire, Ricardo, Ana María, Celenia, Sandy, Wiche, Fernando, María Valentina, Mariana, Eva, Ruthie, Eduardo, Morella, Stephanie, Suki y especialmente a Leo, Juan y Margaret.

Un agradecimiento especial a mi editora Jan Pogue por creer en el cuento y convertir este sueño en realidad.

Volume Copyright ©2012 Mercedes Alvarez Rodman

Published by Vineyard Stories
52 Bold Meadow Road
Edgartown, MA 02539
508 221 2338
www.vineyardstories.com

Library of congress: 2011944251
ISBN: 978-09827146-7-6

Book Design: Jill Dible, Atlanta, GA

Printed in China

A mis padres, Jesús Rafael (El Negro) y Teresita y a mis hermanos,
Lupe, Jesús, Tere y Gabriel…Son el amor que me da fuerza.

A mis hijos, Dan y Alex…Su amor y estímulo
me hicieron escribir otra vez.

A mi mejor amigo y el amor de mi vida, mi esposo Bruce…
Siempre estás presente.

Recomendaciones para oír el CD musical mientras se lee Mi Mariposa Azul

~~~~~~~~~~

Capítulo Uno
Track 1: "As One" Introduction/Introducción "Fusión"

Track 2: "Joy" Happy Birthday/Cumpleaños Feliz "Alegría"

~~~~~~~~~~

Capítulo Siete
Track 3: "Confusion"/Zig-Zag/"Confusión"

~~~~~~~~~~

Capítulo Nueve
Track 4: "A Soothing Blanket"/"Como una Manta"

Track 5: "Like a Marching Band" Vibration/Vibración "Como una Banda de Desfile"

~~~~~~~~~~

Capítulo Diez
Track 6: "At Last Together"/"Por Fin Juntas"

Hace más de 30 años el Dr. José Antonio Abreu reunió en un garaje de la ciudad de Caracas, Venezuela a 11 muchachos para que aprendieran a tocar música en conjunto y así, creó una orquesta. De esa iniciativa nació el Sistema Nacional de Orquestas Infantiles y Juveniles de Venezuela, conocido como El Sistema. Esta entidad, que ofrece clases de música gratuitas a más de 300,000 jóvenes venezolanos, muchos de ellos de bajos recursos, se ha convertido en uno de los agentes de cambio social más importantes del país. En el 2009 TED, una organización dedicada a la difusión de valiosas ideas innovadoras, le otorgó al Maestro José Antonio Abreu el Premio TED en reconocimiento al mérito de su deseo de cambiar el mundo por medio de la música. El Premio provee, además, los medios económicos para convertir lo anhelado en realidad. El deseo del Maestro Abreu era de educar a 50 músicos apasionados por la enseñanza musical y la acción social para que diseminaran El Sistema en los Estados Unidos y en el resto del mundo.

Este sueño comenzó a dar fruto en el 2010 cuando los primeros 10 *Abreu Fellows* (becarios) se graduaron del Conservatorio de Música de Nueva Inglaterra. Actualmente, los *Abreu Fellows* han fundado programas inspirados en El Sistema en todos los Estados Unidos, desde Alaska hasta Texas y desde Los Angeles hasta Boston. Estos programas, que se han extendido a otras partes del globo, imparten clases de música acompañadas por un mensaje de esperanza a centenares de niños y a las comunidades a las cuales pertenecen.

Si desea aprender más, por favor visite:

http://elsistemausa.org/

http://necmusic.edu/abreu-fellowship

Capítulo Uno

Isabel se despertó con la melodía campaneándole en la cabeza. Los acordes ya le eran conocidos. Parecía que la habían acompañado desde siempre. No eran los que le cantaba su padre cuando tocaba el cuatro ni los que su madre había usado en sus arrullos. Éstos aparecían en días especiales cuando la mariposa azul estaba cerca. Todavía arropada en su cama, cerró los ojos de nuevo y recordó la primera vez que se topó con ellos.

Tenía cinco años y caminaba contenta con su madre porque iban al parque infantil. En cuanto vio los columpios al otro lado de la calle, se soltó de la mano y corrió desaforada. No oyó los gritos de su madre que le rogaban detenerse, pero sí, una melodía que la paró en seco justo antes de poner el pie en el pavimento. Buscó de dónde provenía y encontró una mariposa azul posada suavemente en su mano. Al contacto y a la vez que aumentaba el volumen de la sutil melodía, sintió que su cuerpo y el de la mariposa eran uno solo. Cuando su madre la alcanzó y la agarró por el hombro, Isabel volvió a mirar su mano, pero la mariposa y la melodía habían desaparecido.

Isabel abrió los ojos de nuevo, envuelta en la melodía y buscó a la mariposa en su cuarto. Allí estaba frente a ella: radiante, abriendo y cerrando las alas suavemente, saludándola desde el estuche negro de su chelo.

A través de la ventana, por entre los edificios, divisó su pedacito del pico, El Ávila. La imperturbable montaña era el pulmón vital de su ciudad, Caracas, pues oxigenaba el medio ambiente y a los caraqueños, por igual. Isabel había observado cómo, después de un día de caos citadino, el ceño fruncido de su madre se suavizaba con tan sólo contemplarla.

La mariposa azul se le acercó flotando y se dejó reposar sobre el carnaval de colores que era el lazo de su regalo. Era 30 de septiembre, día de su cumpleaños.

Cada año sus padres la sorprendían con un regalo al pie de la cama. Entraban mientras dormía y lo dejaban para que "empezara bien su día". Ya sentada en su cama, Isabel rasgó el papel de regalo mientras la mariposa revoloteaba contenta y la melodía aceleraba su ritmo. No podía creer lo que le habían dado: era una computadora *laptop*. Saltó de la cama y empezó a brincar como la mariposa. Sus padres entraron al cuarto al oír el alboroto. Corrió hacia ellos, los abrazó pidiéndoles la bendición y les dio las gracias. La mariposa y la melodía se habían esfumado.

En las caras de sus padres, Isabel observó la felicidad que sentían al verla tan emocionada. Era un regalo muy caro. Ambos padres trabajaban, pero no ganaban lo suficiente como para darse ningún tipo de lujos.

—¡Gracias! ¡Gracias! ¡Gracias! —repitió Isabel.

—De nada, mi amor. Sabemos que la necesitas para tus estudios. Cuídala mucho. Ven; abre la caja para ponerla a cargar —le dijo su papá buscando un enchufe al lado de la mesita de noche.

Isabel sacó su *laptop* de la caja y su mamá la ayudó a enchufar el cargador.

—¡Listo! Ahora arréglate que se enfría el desayuno. ¡Feliz Cumpleaños! —dijo su mamá dándole otro abrazo.

Isabel se fue al baño y después de ducharse regresó al cuarto para ponerse el uniforme escolar. Se miró al espejo mientras se cepillaba el cabello largo y castaño que parecía liso cuando estaba mojado. Isabel sabía que en cuanto se secara, vendría el desorden enroscado de su melena. Se estudió la cara y el cuerpo con detenimiento: ojos no muy grandes de color marrón con vetas amarillas, los labios finos, la nariz pequeña, cejas perfectas, la piel canela y sin ser alta, el cuerpo era tan flaco como una vara. Sabía que una modelo no iba a ser, pero le gustaba lo que veía. Además, eran la intensidad de su mirada y su inteligencia lo que llamaba la atención de la gente.

Desde la cocina, a Isabel le llegó el aroma de las arepas, carne mechada y café con leche que la hicieron apurarse. Sobre la mesa bien puesta que sus padres habían preparado desde temprano, podía imaginar el queso rallado y la mantequilla que sustituían el cereal con leche de las demás mañanas. Antes de salir de su cuarto, le echó otro vistazo a su computadora y divisó la lucecita verde que indicaba que la *laptop* estaba viva. Tan rápido como pudo, abrió una cuenta de correo electrónico con la dirección que siempre había querido.

Isabel entró al comedor con la boca hecha agua.

—Doce años, Isabel. ¡Qué rápido! —le dijo su mamá pasándole el queso blanco— ¡En tres años serás una quinceañera!

A pesar de tener la boca llena, Isabel le sonrió a su mamá y empezaron a comentar el horario del día. Como todos los días de semana, Isabel se iría del colegio a las clases de chelo y orquesta en el Centro Académico de El Sistema, y se quedaría allí practicando después de clase hasta que pasara a recogerla su padre. El Centro era uno de sus sitios favoritos. A ella, como a cualquier otro muchacho que lo deseara, le daban clases de música gratis.

Cuando tocaba con la orquesta se sentía importante y al concluir cada concierto, los aplausos del público la hacían sentir como una estrella famosa. Ni siquiera el día de su cumpleaños dejaba de asistir y mucho menos ahora que se acercaba la audición para seleccionar los nuevos integrantes de la Sinfónica Nacional Infantil. Sólo faltaban dos meses. Al pensar en la audición el corazón se le aceleró de emoción, pero inmediatamente se le turbó al pensar en su compañero de clases, Rafael.

Capítulo Dos

Isabel entró al salón de la orquesta cargando su chelo y su morral. Rápidamente, se dirigió hacia la tercera fila de la sección de los chelos. Marisa, su amiga de la clase, no había llegado. Puso su morral cautelosamente en la silla vacía al lado de la suya y miró de reojo a su alrededor. Rafael ya estaba sentado en el primer puesto de la primera fila, practicando.

"Ojalá que no me moleste hoy", pensó.

Las manos le empezaron a sudar. Se las secó como pudo en la falda del uniforme. De pronto, se dio cuenta de que varios estudiantes se acercaban a una mesita puesta en la entrada, de la que ella no se había percatado, y tomaban unas hojas que el "profe" les había dejado. Rafael se levantó y empezó a entregar las circulares que nadie le había pedido que repartiera.

Rafael le llevaba dos años a Isabel y usaba su estatura para intimidar a los estudiantes más pequeños. Notó cuando Rafael volvió su cara sonriente hacia ella, pero sus ojos oscuros y rasgados no sonreían: eran como un láser que le quemaba la confianza. Isabel puso su morral en el piso y se escondió detrás de su cabello fingiendo que buscaba las partituras del día. De nada le sirvió, ya que frente a ella aparecieron los zapatos de Rafael. La ansiedad se le subió por la espalda. Isabel se enderezó en la silla.

—¿Ya tienes una? —le preguntó alcanzándole el papel con una mueca en la boca, sabiendo que ella no lo tenía.

—No… — no la dejó terminar.

—Me lo imaginé, pero no te preocupes que yo estoy aquí para ayudarte —dijo en voz alta para que todos lo oyeran.

Isabel sintió el calor de la rabia abrasándole la cara. Vergüenza y rabia consigo misma. Quería gritarle mil cosas, pero les tenía miedo a él y a los otros que ciegamente creían en su supuesta bondad.

Desde que comenzaron las clases tres años atrás, Rafael trató de meterla en su círculo. Al principio, había actuado dulcemente como mentor de los "pequeños" enseñándoles los detalles del salón, pero Isabel se sintió incómoda con él y se mantuvo aparte.

Prefirió pedirle ayuda a la muchacha de cachetes rosados y ojos claros. Marisa se le presentó con un apretón de mano y ambas caminaron hacia las sillas plegables para sentarse juntas. A Rafael no le había gustado que lo ignoraran y con la "manada" atrás, se les acercó para ofrecerles una demostración de los acordes básicos en el chelo. Después de darle las "no gracias", Isabel se sentó al lado de Marisa y, sin prestarle más atención a Rafael, empezó a sacar su chelo del estuche. A Marisa se le escapó una sonrisa. Rafael, furioso, se quedó inmóvil por un instante, mirando a Isabel con rabia.

Esa fue la primera vez que percibió la mirada feroz de Rafael.

Capítulo Tres

Los dos primeros años en el Centro transcurrieron sin mayor dificultad. Isabel compartía de vez en cuando con Marisa cuando ésta no estaba con amigas de su misma edad.

Isabel no ignoraba a Rafael por completo, pero tampoco confiaba en él. Rafael dominaba su entorno con sus demostraciones de virtuosidad en el chelo, sus chistes, su físico. Hasta los profesores sucumbían a sus encantos. Pero Isabel había visto sus rabietas cuando uno de sus amigos no hacía lo que él quería. La humillación era su arma predilecta y este año Isabel era su blanco favorito.

Isabel había logrado traspasar esa pared invisible que separa a los excelentes de los únicamente buenos. Sus callos eran prueba del arduo empeño. El chelo se había transformado en espejo de su alma y Rafael lo sabía. La empezaron a buscar, tanto estudiantes como profesores, atraídos por la belleza y generosidad de su ejecución.

Una tarde hacía cuatro meses, el profesor le había pedido a Isabel que tocara en frente de la clase para que los más jóvenes aprendieran de su técnica. Estas demostraciones generalmente le eran solicitadas a Rafael o a uno de los mayores. La clase entera se volteó a ver la reacción de Rafael, y luego se fijaron en ella. Isabel se levantó de la silla y caminó hasta donde estaba el profesor. Sentía que los ojos de Rafael no dejaban de mirarla. Las manos le temblaban cuando empezó a tocar la pieza y su ansiedad la hizo confundirse. Rafael dejó escapar una risita casi imperceptible que Isabel oyó como una explosión. Paró de tocar por un momento y vio como los otros estudiantes seguían el ejemplo de Rafael. Isabel sintió una presión en el pecho que la ahogaba.

—¡Muchachos, por favor! Aquí todos somos un equipo. ¡Silencio! Vamos, Isabel. Empieza otra vez. Yo sé que te sabes la pieza —dijo el profesor con una voz motivadora.

Isabel terminó la pieza, pero sentía el peso de una inmensa humillación sobre los hombros. Hizo un gran esfuerzo por regresar a su puesto con calma cuando lo único que quería era correr.

Al terminar la clase, Isabel recogió sus cosas con rapidez y, sin decirle adiós a nadie, se encaminó hacia la puerta. De repente, cuando ya casi cruzaba el umbral, Rafael se le paró de frente y le cerró el paso mirándola con desdén. Isabel, sobresaltada, trató de esquivarlo pero no pudo evitar chocar contra él. Perdió el equilibrio y oyó algo resquebrajarse dentro de su estuche cuando cayó al piso. Isabel sentía a Rafael parado a su lado, observándola. Marisa y el profesor salieron de la clase y la ayudaron a pararse. Isabel abrió su estuche y sacó su arco partido por la mitad. Un grupo de estudiantes, incómodos, se arremolinó alrededor de ellos.

—Perdón, Isabel. No te vi —dijo Rafael fingiendo remordimiento, pero Isabel sabía que lo sucedido no había sido accidental.

En silencio, Isabel guardó su arco en el estuche y salió a la calle con la esperanza de que su padre ya la estuviera esperando.

Esa noche en la casa, Isabel no les mencionó el incidente a sus padres. Y a pesar de que tenía un arco de repuesto en su clóset, Isabel se acostó a dormir sin tocar el chelo. El acoso de Rafael había logrado su efecto.

Capítulo Cuatro

El profesor entró en el salón recogiendo las circulares que quedaban en la mesa y preguntó si todos tenían una. Marisa llegó acelerada y tomó la hoja que el profesor le entregó mirando su reloj. Isabel se empezó a calmar cuando Rafael se sentó.

"Por fin, se va a olvidar de mí por un rato", pensó Isabel sintiéndose más tranquila.

—¿Me perdí de algo? —preguntó Marisa en voz baja examinándola con curiosidad mientras se sentaba al lado de Isabel— ¿Qué te pasa? Estás roja como un tomate. Hasta el cuello lo tienes rojo.

—Nada. Nos entregaron una circular pero todavía no sé de qué se trata —le respondió Isabel.

Las dos se voltearon para ver al profesor cuando éste empezó a hablar.

—Buenas tardes. Quiero comentarles sobre la circular que les dejé en la mesa a la entrada. Además de lo emocionante de poder ser escogidos como miembros de la Sinfónica Nacional Infantil, les tengo otra tremenda noticia —los estudiantes se inmovilizaron para no perder detalle— ¡Eso! Me encanta cuando me prestan atención —comentó el profesor complacido antes de seguir con su explicación:

—Durante el mes de julio del año que viene, una vez conformada, la Orquesta Infantil ha recibido una invitación de una universidad situada en Boston de los Estados Unidos, para participar en un intercambio cultural con la Sinfónica Infantil de Nueva Inglaterra. Allí los integrantes serán seleccionados en el Colegio de Música de El Sistema USA de esa ciudad.

El profesor subió la voz, intensificando aún más la curiosidad de los estudiantes:

—Y este encuentro culminará con un concierto conjunto de las dos sinfónicas infantiles en *Symphony Hall*, la sede de la

Sinfónica de Boston, dirigida nada más y nada menos que por el exalumno más famoso de El Sistema: Gustavo Dudamel. ¿Qué les parece? —concluyó el profesor obviamente entusiasmado.

Isabel y los demás muchachos se quedaron mudos. Poco a poco fueron despertando del asombro y las risas empezaron a subir en intensidad hasta que estallaron en una algarabía. Parados o sentados, unos brincando y otros bailando, todos celebraron la noticia. Cuando se calmaron, empezaron a saltar las preguntas.

—¿Es seguro que va a estar Dudamel? —preguntó Marisa. Ella sabía que Dudamel era el Director Musical de la Sinfónica de Los Angeles y uno de los directores de orquesta más cotizados del mundo.

—¿Cómo nos vamos a comunicar con los otros muchachos si no hablamos inglés? ¿Ellos hablan español? —Rafael inquirió sin dar tiempo a que se contestara la primera pregunta.

Isabel tampoco pudo contenerse y expresó lo que muchos ya habían pensado:

—Profe, mis padres no tienen como mandarme a los Estados Unidos.

Sonriente, el profesor se sentó en su silla para responderles y tranquilizarlos.

—No se preocupen por los gastos. Todo está cubierto por una contribución especial de un donante privado que quiere que la fama de El Sistema USA continúe creciendo y que se siembren en Estados Unidos escuelas inspiradas en los núcleos venezolanos.

Dirigiendo su mirada a la sección de los chelos, dijo — Marisa, ya Gustavo Dudamel se comprometió con nosotros, así que puedes estar segura de que estará presente para trabajar con ustedes.

De pronto se escucharon expresiones de felicidad y conversaciones aisladas que cesaron cuando el profesor continuó:

—La pregunta de Rafael me lleva a la otra parte de la circular que les quiero explicar. Por favor, volteen la hoja. ¿Ven la lista de direcciones de correos electrónicos? Están divididas en varones y hembras. Bueno, quiero que dentro de su mismo sexo, cada uno escoja una dirección que le llame la atención. Una vez que lo hayan hecho, levanten la mano para saber cuál fue su elección.

Isabel volteó el papel y leyó las opciones bajo la columna de las niñas. Enseguida encontró la que escogería.

"Esa niña en Boston ¿Tendrá una mariposa como la mía?" pensó Isabel. Levantó la mano tan rápido como pudo.

—A ver, Isabel ¿cuál escogiste?

—Mybluebutterfly@ porque la mía es mimariposazul@ —Isabel dijo con los ojos pelados de incredulidad.

—¡Qué casualidad! *My blue butterfly* significa "mi mariposa azul" en inglés —dijo el profesor anotando el nombre y la dirección electrónica de Isabel al lado de la escogida.

Cuando Rafael se puso de pie para dar su preferencia, Isabel sintió que la observaba irritado. Una vez que Rafael terminó, los demás estudiantes que no se habían atrevido a levantar la mano antes que él, le manifestaron al profesor sus selecciones.

El profesor echó una ojeada al salón para asegurarse de que ya todos habían escogido una dirección y dijo:

—Ahora quiero explicarles a quién pertenecen estas direcciones electrónicas. Son todas de muchachos que reciben clases en El Sistema de Boston. Como ustedes, también tienen edades variadas y van a tener una audición para integrar su Sinfónica Infantil y luego participar en el programa de intercambio cultural que les mencioné anteriormente —dijo el profesor agitando la lista de las direcciones antes de seguir:

—Pensamos que sería bueno que se comunicaran, se conocieran y se apoyaran mutuamente. Sabemos que la barrera del lenguaje no ayuda, pero queremos que lo intenten pues están viviendo experiencias similares. Si no tienen computadoras en casa, saben que aquí tenemos algunas que les podemos prestar con previa autorización de sus padres.

Isabel se acordó de su regalo de cumpleaños. Esa misma noche le escribiría a mybluebutterfly@. No sabía cómo le iba a escribir: su inglés era rudimentario. Su conocimiento del idioma solamente provenía de lo que había aprendido en las clases de inglés del colegio y de las traducciones de las letras de sus canciones favoritas.

"¿*Butterfly* se escribe con dos 'tes'?" se preguntó Isabel revisando la lista.

—Pueden comunicarse cuando quieran, pues ya tenemos permiso de los padres de ambos grupos —continuó el profesor— Sean responsables y amables. Acuérdense de que representan a este núcleo y a su país. Además, los que terminen conformando la Infantil conocerán en persona a su compañero de internet durante el programa de intercambio cultural, si éste pasa la audición en Boston. Así que ¡disfruten mucho!

El profesor miró su reloj de pulsera.

—Nos queda media hora. Toquemos una pieza juntos y luego pueden separarse para que practiquen lo que les toca en la audición.

El profesor esperó que los estudiantes estuvieran listos, levantó la batuta y con su próximo movimiento, la música volvió a nacer.

Capítulo Cinco

Isabel entró a su apartamento, casi corriendo, seguida de su padre que cargaba con su chelo. Quería contarle a su mamá la fantástica noticia que ya había compartido con su papá mientras se trasladaban del núcleo al edificio.

—¡Mami! ¿Dónde estás? —le gritó buscándola.

Isabel oyó la voz de su madre proveniente del cuarto de sus padres y entró con el morral colgado del hombro y la circular en la mano. La sonrisa no le cabía en la cara y hablaba a mil palabras por hora. Su madre ya sabía la noticia pero dejó que Isabel le contara todo. El Centro se los había comunicado en la última reunión de padres y representantes.

Siguió a su mamá que salía del cuarto y vio que su padre sacaba de la nevera los ingredientes para preparar la cena, colocándolos en el mostrador de la cocina. Isabel todavía no paraba de hablar:

—¿Saben que ya tengo la dirección de una niña en Boston? ¡Y es la misma que la mía pero en inglés! ¡Nos vamos a conocer en el programa de intercambio en Boston! ¡Ya le voy a escribir!

—Cálmate, mi amor. Todo a su momento —le dijo su mamá mientras ayudaba con la cena—. Anda y cámbiate el uniforme que ya vamos a cenar. Después de que termines tus tareas del colegio, puedes escribirle a tu nueva amiga. Tu papá y yo estamos muy felices por ti. El intercambio cultural es una tremenda oportunidad.

Isabel se fue a su cuarto, se quitó el uniforme y salió de nuevo para ayudar a poner la mesa. No quería pensar en la audición porque se ponía nerviosa, pero sabía que ésa era la primera meta.

—¡Qué emoción viajar, conocer gente de otro país y trabajar con Dudamel! —comentó Isabel ya sentada para comer— Claro, si me va bien en la audición…

—¡Sin duda! ¡Sería maravilloso! —dijeron sus padres casi al unísono.

A Isabel siempre le interesaron los idiomas. Intuía que así como las partituras le abrían la puerta al mundo universal de la música, existían universos por explorar por medio de palabras que aún no conocía.

Cuando terminaron de cenar, Isabel ayudó a recoger y a limpiar. Sus padres se retiraron a reposar en el salón de la televisión y ella se fue directamente a su cuarto para terminar las tareas del colegio, practicar su pieza de la audición, la Suite para violonchelo solo, N° 1 en Sol mayor de Bach, y tratar de contactar a mybluebutterfly@. En su habitación, la mariposa azul revoloteaba encima de la computadora mientras la melodía, que constantemente la acompañaba, pendía armoniosamente en el aire.

—Ya sé, ya sé. Yo también estoy emocionada —Isabel le dijo a la mariposa que volaba hacia ella posándose en su cabeza.

Se sentó en su escritorio y sacó los libros y cuadernos del morral. Se contentó al notar que no tenía mucha tarea. Después de terminarla, extrajo su chelo y practicó hasta sentirse inmersa en la música. Cuando dejó de tocar, la mariposa azul se elevó. Isabel tomó la *laptop*, se sentó en su cama y la abrió. La melodía aceleró su ritmo y la mariposa se posó en la esquina superior derecha de la tapa.

A su lado, Isabel tenía la lista y el diccionario de español-inglés inglés-español que utilizaba en el colegio. Se cercioró que había deletreado la dirección correctamente y empezó a escribir una nota.

"*¡Hello! ¿How are you? Me, Isabel and ¿your name what? I from* Caracas, Venezuela. *I play chelo. ¿You write me?* Isabel"

Isabel leyó la nota. Buscó en el diccionario la palabra "chelo" y aprendió que se escribe "*cello*" en inglés. La corrigió y mandó el correo. Esperó por una respuesta hasta que se quedó dormida. Su mamá la despertó para que se pusiera el pijama y se metiera bajo las sábanas. Apretó uno de los botones para que volviera la luz de la pantalla. Todavía no había llegado respuesta.

"Mañana. Seguro que mañana me responde", se dijo Isabel.

Capítulo Seis

Desde que Isabel se había contactado con mybluebutterfly@ dos meses atrás, le escribía a Elizabeth a diario. Recordaba de memoria el primer correo que recibió de ella.

"Hola. Como esta usted? Yo me llamo Elizabeth. Isabel en espanol! Yo de Boston. Yo tambien tocar el chelo! Lo mismo! Que divertido! Quiero estar su amiga. Y usted? Elizabeth"

Las cartas de Isabel, que comenzaron con unas pocas oraciones, poco a poco se fueron alargando con la ayuda del diccionario. Isabel y Elizabeth se contaban los pormenores de la vida diaria y compartían sus pensamientos y sentimientos más profundos. Ambas descubrieron que sufrían el hostigamiento de un compañero en sus escuelas de música y que la hostilidad aumentaba a medida que se acercaba la audición.

Cada día que pasaba, a Isabel se le hacía más difícil asistir a las clases en el Centro. Llegaba con todos los poros inundados de miedo. Rafael y sus seguidores la miraban con desprecio y los oía cuchichear cuando les pasaba de cerca.

Isabel sufría en silencio pues no se atrevía a delatarlos. Ni siquiera se lo había comentado a sus padres para no preocuparlos, pero si la situación con Rafael empeoraba, no tendría otra alternativa. En casa se desahogaba con Elizabeth escribiéndole con su *laptop*. Sabía que no hubiera sobrevivido estos meses tan difíciles sin la ayuda certera de Elizabeth. Pero ni el gran apoyo de Elizabeth pudo impedir que Isabel decidiera no presentarse en la audición.

Capítulo Siete

El jueves previo a la audición, Isabel le confesó a Elizabeth su decisión de no presentarse a la esperada prueba musical con la esperanza de evitar la crueldad de Rafael. Mientras escribía, la mariposa azul, que generalmente se posaba tranquila, empezó a zigzaguear furiosamente frente a la pantalla de su computadora. La melodía subió tanto de volumen que después de mandarle el correo a Elizabeth, Isabel cerró la *laptop* y se tapó los oídos. Al calmarse la melodía, se quedó dormida flotando en un mar de confusión.

Al día siguiente, la melodía, más tenue y reconfortante, la despertó. Sobre la superficie plateada de su *laptop* la mariposa azul pegaba brinquitos en forma de espiral. Tomó la computadora y la trajo a su cama. Elizabeth le había mandado un *e-mail* a la 1 y 13 de la mañana. Estaba segura que algo la había despertado.

"¿Será que Elizabeth sintió mi angustia?" se preguntó. Abrió el correo y leyó lo que le había escrito.

"NO! NO! Mi amiga! Tu ser muy especial. No dejar audicion. Yo querer verte! Por favor! El, estupido. El, no estar seguro de el! Nada, nada seguro de el! Asustado! El ver tu como amenaza! Tu ignorar el! Promete a mi! Promete a mi! Toca! Toca siempre! Muchos abrazos, Elizabeth."

Al leer el correo, Isabel asintió con la cabeza y experimentó un cambio profundo en su interior. Allá, cerca de la ventana, encima de su chelo, la mariposa azul bailaba suavemente al ritmo de la melodía.

Capítulo Ocho

Esa tarde, Isabel entró corriendo al Centro para evitar empaparse con el "palo de agua" que había comenzado a caer sin avisar. Sacudió la cabeza y sintió varias gotas de lluvia mojarle la piel. Reclinó su chelo contra una pared y colocó su bolso en el piso para terminar de secarse.

Cuando Isabel levantó la mirada, se encontró con Rafael y su madre discutiendo en el medio del pasillo. La mamá de Rafael era alta y delgada. Vestía una falda negra y larga hasta los tobillos que la hacía lucir como una flecha. Miraba a su hijo furibunda desde su altura y no dejaba de apuntar a Rafael con su dedo índice reclamándole algo en voz alta. Isabel se quedo sin aliento cuando vio en los ojos de la madre la misma mirada voraz que Rafael había fijado en ella. Reconoció en la cara asustada y nerviosa de Rafael la misma que ella ponía cada vez que él la miraba. Por un momento, sintió un estremecimiento profundo. Una sonrisa inesperada le brotó en la cara, pero avergonzada de

su alegría, se tapó la boca rápidamente. De repente, sintió una oleada de compasión por Rafael y no pudo continuar como testigo de esa escena humillante.

De prisa, sin quitarles la vista de encima, Isabel tomó su morral y se lo echó al hombro. Al tratar de agarrar su chelo, el instrumento cayó al piso estrepitosamente. Rafael y su madre se voltearon a mirar en dirección al ruido. Isabel percibió la dureza en la cara de la madre y la sombra que cruzó la de Rafael al verla. Isabel recogió su chelo, los saludó con la mano, dio media vuelta y se dirigió al salón de orquesta.

Mientras caminaba por el pasillo, Isabel recordó las palabras que Elizabeth le había escrito en su último *e-mail*. ¿Cómo no se había percatado de los miedos que ocultaba Rafael? En ese momento Isabel supo que no lo temería más y que lo perdonaría por la manera en que la había tratado. Entonces, oyó la melodía al tiempo que la mariposa azul le acariciaba la mano con sus alas sedosas.

Rafael entró al salón de orquesta diez minutos después y la miró duramente, pero ella no se sintió afectada. Es más, Isabel se dio cuenta de que su nueva actitud lo tenía completamente confundido.

Capítulo Nueve

Isabel esperaba su turno para la audición. Practicaba con los ojos cerrados mientras sus dedos bailoteaban sobre el cuello de su chelo recordando el consejo de su profesor:

toquen siempre con el corazón, nunca con la cabeza. Los violines y las violas ya se habían presentado y oyó la voz del profesor anunciando a los chelistas que se prepararan. Abrió los ojos y se topó con los de Rafael mirándola fijamente. Nada. No sintió absolutamente nada.

Cuando la llamaron, se paró como un resorte. Marisa se le acercó y le dio un fuerte abrazo. Camino al auditorio la melodía la arropaba como una manta mientras la mariposa azul se posaba tranquilamente sobre la goma que ataba su cola de caballo. Ya en el escenario hizo una venia, se sentó, respiró profundo y se entregó a su chelo.

La música se apoderó de ella. Cuando Isabel dejó de tocar, los jueces le sonrieron y después de darle las gracias, bajaron sus cabezas para escribir sus apreciaciones. Regresó flotando al salón.

Los estudiantes que no habían participado en la audición la miraban nerviosos, pero ella no podía darles ninguna recomendación específica. Sólo les decía que confiaran en sí mismos y les deseó suerte cuando los llamaron. Satisfecha con su presentación, Isabel pensó en Elizabeth mientras esperaba los resultados.

Una vez concluidas todas las audiciones de los estudiantes, Isabel y Marisa se sentaron en un círculo dentro del salón conversando y riéndose con las otras chelistas. Luego, oyeron los primeros gritos de alegría. Todas se miraron y sin decir palabra, corrieron hacia la cartelera principal. La hoja con los nombres de los nuevos integrantes de la Orquesta Infantil estaba fijada bajo la foto del Maestro Abreu, el fundador de

El Sistema. Isabel sintió la melodía y se tocó la goma aún adornada por la mariposa azul.

Pequeños semicírculos se habían formado alrededor de las listas organizadas por instrumento. Cuando finalmente Isabel pudo acercarse lo suficiente para leer la lista de chelistas, divisó el nombre de Marisa y giró para felicitarla. Volvió a la lista y leyó el nombre de Rafael. Siguió y allí estaba el suyo: ISABEL FERNANDEZ.

Se quedó contemplando su nombre hasta que la vibración de la mariposa en su cola de caballo y la melodía sonando como una banda de desfile la sacaron de su estupor. Se volteó de nuevo con la boca abierta y empezó a saltar de alegría. Pensó en sus padres que la esperaban afuera y en su amiga de Boston.

"Si también escogen a Elizabeth, todo sería perfecto", se dijo.

Salió a la calle buscando a sus padres y los vio cuando, sonrientes, se bajaron del carro rápidamente: toda ella irradiaba felicidad, participándoles que había logrado su meta.

Capítulo Diez

Isabel sintió el frío refrescante del aire acondicionado dentro del autobús que recogió a los estudiantes en el aeropuerto de Boston. El calor de julio los había bañado con su humedad apenas salieron de la terminal. Iban camino a la universidad, atravesando la ciudad poseedora de una arquitectura muy variada y novedosa para Isabel. Le gustaba la limpieza de sus calles grandes y pequeñas; los edificios viejos parecían nuevos y los nuevos eran muy altos y modernos. En especial se fijó en uno de espejos azules y líneas rectas que reflejaba una pequeña iglesia de piedra que, a su vez, estaba rodeada por una plaza donde unas personas comían tranquilas, mientras otras la cruzaban en carrera. Isabel observaba contenta mientras la melodía lenta y dulce le susurraba al oído y la mariposa se aferraba a su *blue jean*.

Pronto conocería a Elizabeth, su amiga entrañable. Después de tantos meses de espera, Isabel empezaba a sentir su presencia. Seguramente la reconocería de inmediato, pues se habían intercambiado fotos con sus chelos levantados en el aire como trofeos cuando supieron que ambas habían pasado la audición.

El autobús frenó repentinamente y el chofer abrió las puertas anunciando que habían llegado. Isabel se levantó apresuradamente buscando a Elizabeth a través de las ventanas mientras se dirigía a la salida. Se detuvo en los escalones del autobús tratando de encontrar a Elizabeth dentro de la maraña de jóvenes que venían a recibirlos. Un señor alto y de sonrisa sabia y sincera le dio la mano. Creyó entender que le decía: "*Welcome, my name is Dean Mark.*" Isabel le devolvió el saludo con una sonrisa distraída mirando a su alrededor.

La mariposa azul volaba ondulante por encima de las cabezas y la melodía se aceleró. Isabel se fue tras ella, sin quitarle la vista, haciéndose espacio como pudo entre la gente parada en la acera. De repente, la mariposa azul, reluciente contra una nube blanca, se quedó congelada con las alas abiertas. Isabel se detuvo y vio llegar otra mariposa. Ambas mariposas se pusieron a bailar dichosas, dando círculos una alrededor de la otra, como la doble hélice del ADN. Isabel bajó la mirada y se encontró con Elizabeth que la miraba. Soltó su morral y corrió hacia ella. Se abrazaron brincando, cada una gritando el nombre de la otra.

Las mariposas continuaron su danza mágica impulsadas por la melodía que las subía más y más alto, hasta que se separaron. Voltearon a contemplar a Isabel y a Elizabeth y, siempre acompañadas de la melodía, partieron en búsqueda de otros niños que las necesitaran.

MERCEDES ALVAREZ RODMAN

Illustrations by Alexandra Rodman

With music CD by Dan Rodman

I'm very grateful to all my first readers who gave me the courage to keep going: Isabella, Jannire, Ricardo, Ana María, Celenia, Sandy, Wiche, Fernando, María Valentina, Mariana, Eva, Ruthie, Eduardo, Morella, Stephanie, Suki and especially to Leo, Juan, and Margaret.

An especial thanks to Jan Pogue, my editor and publisher, for believing in the story and making a dream come true.

Volume Copyright ©2012 Mercedes Alvarez Rodman

Original music on CD copyright ©2012 Dan Rodman

Published by Vineyard Stories
52 Bold Meadow Road
Edgartown, MA 02539
508 221 2338
www.vineyardstories.com

Library of congress: 2011944251
ISBN: 978-09827146-7-6

Book Design: Jill Dible, Atlanta, GA

Printed in China

For my parents, Jesús Rafael (El Negro) and Teresita and my brothers and sisters, Lupe, Jesús, Tere, and Gabriel… Your love is my strength.

For my children, Dan and Alex… Your love and encouragement made me want to write again.

For my best friend and the love of my life, my husband Bruce… You are always there.

Recommendations for listening to the music CD while reading My Blue Butterfly

~~~~~~~~~

Chapter One

Track 1: "As One" Introduction/Introducción "Fusión"

Track 2: "Joy" Happy Birthday/Cumpleaños Feliz "Alegría"

~~~~~~~~~

Chapter Seven

Track 3: "Confusion"/Zig-Zag/"Confusión"

~~~~~~~~~

Chapter Nine

Track 4: "A Soothing Blanket"/"Como una Manta"

Track 5: "Like a Marching Band"Vibration/Vibración "Como una Banda de Desfile"

~~~~~~~~~

Chapter Ten

Track 6: "At Last Together"/"Por Fin Juntas"

El Sistema was born more than thirty years ago, when José Antonio Abreu gathered eleven children in a parking garage in Caracas, Venezuela, to play music and create an orchestra. Today, the System of Children and Youth Orchestras of Venezuela teaches music free of charge to more than 300,000 underserved children throughout Venezuela and has become one of the most powerful forces for social change and community building in that country.

The non-profit "TED—Ideas Worth Spreading" in 2009 honored Maestro Abreu with the annual TED prize that included a grant and "one wish to change the world". His wish was to educate fifty musicians passionate about music education and social justice to bring the "El Sistema" to the United States and the world.

His wish was granted, and in 2010 the first class of Abreu Fellows graduated from the New England Conservatory. Currently, the Abreu Fellows have started El Sistema-inspired programs throughout the United States. From Alaska to Texas and from Los Angeles to Boston the "El Sistema" movement is bringing the gift of music and hope to many children and their communities.

For more information, go to:

http://elsistemausa.org

http://necmusic.edu/abreu-fellowship

Chapter One

Elizabeth awoke with the melody dancing in her head. She knew the chords well; they seemed to have always been with her. These weren't the ones her father played on the piano or her mother used as lullabies. These would appear on special days when the blue butterfly was near. She closed her eyes again, still tucked under the covers, and remembered that first time when she heard them.

She was five and was walking with her mother to the playground. When she saw the swings across the street, she let go of her mother's hand and ran to get there. She never heard her mother's screams begging her to stop, but right before she stepped into the road, a melody brought her to a halt. When she looked around for the source, she found a blue butterfly lightly perched on her hand. As the gentle melody grew louder, it felt as though she and the blue butterfly had become one. When her mother grabbed her by the shoulders, she looked back at her hand, but both the butterfly and the melody had disappeared.

Elizabeth opened her eyes again and, wrapped in the melody, searched for the blue butterfly in her bedroom. There it was, luminous, opening and closing its wings slowly, saying hello from the top of Elizabeth's black cello case. Through the window and between the neighboring buildings, Elizabeth noticed the leaves of the large maple tree starting to change color, their tips reddening. Soon there would be none left, and the snow, like powdered sugar, would come to dust the tops of the bare branches.

She would have to wait for months before spring brought back the green leaves again. Elizabeth loved seeing the seasons' never-ending cycle that so profoundly altered the look and mood of her city, Boston, and everyone who lived there.

Elizabeth saw the blue butterfly draw near, floating and landing on the bow on her present. It was September 30, her birthday.

Every year her parents surprised her by placing a present at the foot of her bed while she was sleeping. They wanted her to start her day on "a good note." Elizabeth sat up and ripped the gift-wrap paper off the box while the blue butterfly fluttered joyfully and the melody quickened.

She couldn't believe what they'd just given to her: it was a laptop computer. She got out of bed and started to jump around like the butterfly. When Elizabeth's parents heard the commotion, they came into her bedroom. She ran to them and hugged them. The blue butterfly and the melody had vanished.

Elizabeth saw how her excitement made them happy. This was an expensive present. Both her parents worked but didn't make enough money to afford any kind of luxuries.

"Thank you! Thank you! Thank you!"

"You're welcome, honey. We know you need it for school. Take care of it. Open the box and let's charge it," her father said looking for the outlet next to her night table to plug it in.

Elizabeth took the computer out of the box, and her mother helped her connect the charger.

"Done! Now get ready. Breakfast is getting cold. Happy birthday!" her mother said, hugging her once more.

Elizabeth showered, then came back to her bedroom to get into her school uniform. She looked at herself in the mirror while she brushed her long red hair, which appeared straight when it was wet. She knew that as soon as it dried the party of curls would come back. She studied her face and body: almond-shaped hazel eyes with lashes a darker red than her hair, thin lips, small round nose, perfect eyebrows, white skin sprinkled by freckles, long and skinny like a stick, and not very tall. Elizabeth understood that she had no chance of becoming a model, but she liked what she saw. She also knew that it was the intense look in her eyes and her intelligence that people noticed.

Elizabeth could smell aromas of French toast, bacon and eggs, and fresh-brewed coffee coming from the kitchen. She could imagine the dining room table beautifully set by her parents for her birthday, substituting for the quick cereal and milk they usually had for breakfast. Before she left her bedroom, she took another look at the computer and saw the

small green light on: her laptop was alive. Quickly, she opened an e-mail account with the address she had always wanted.

Elizabeth came into the dining room, and her mouth started to water.

"Twelve years old, Elizabeth. Time goes by so fast!" said her mother, handing her the tray filled with slices of French toast. "Next year you'll be a teenager."

Elizabeth's mouth was full but she managed to give a smile. They started to talk about the day's schedule. Like most week-days, Elizabeth would go to her cello and orchestra classes at the El Sistema School of Music right after her regular school and remain there until her father picked her up. El Sistema–inspired music schools offered free lessons to eager children just like her around the globe, and her classes were one of her favorite things in the whole world.

Every time she played with her music school orchestra, she felt important. And after every concert, the audience's applause made her feel like a famous star. She would never miss going to music classes, not even on her birthday—especially not now that the audition to become a member of the New England Children's Symphony Orchestra was only two months away. When Elizabeth thought about the audition, her heart beat faster with excitement. But then it sank when she thought about her music school classmate, Raphael.

Chapter Two

~~~~~~

E lizabeth arrived at the orchestra room carrying her cello and school bag. Right away, she walked to the cello section's third row and realized that her classmate Marissa hadn't yet arrived. Elizabeth quietly placed her backpack on the empty chair next to hers and looked around out of the corner of her eye. Raphael was already practicing, seated on the first seat of the first row.

I hope he doesn't bother me today, she thought.

Her hands had started to sweat. She dried them as best she could on the skirt of her uniform. Elizabeth saw several students at a small table by the entrance, which she had missed when she first came in. They were picking up a notice left for them by the orchestra teacher. Raphael stood up and started to hand them out to the class.

Raphael was two years older than Elizabeth and taller. He used his height to intimidate the younger students. She saw his smiling face turned toward her, but she knew that his slightly slanted dark eyes were not smiling: they were like lasers melting her self-confidence.

Elizabeth took her backpack and placed it on the floor. As she bent down, she hid behind her hair, pretending to look for today's music sheets. Soon, Raphael's shoes appeared. Elizabeth felt anxiety crawl up her spine. She sat right up.

"Do you have one?" Raphael asked, holding out the paper, with a smirk, knowing that she didn't.

"No . . ." she tried to continue, but he didn't let her finish.

"I thought so, but don't worry. I'm here to help you out," he said loudly for everyone to hear.

Elizabeth felt anger flushing her face. She was angry with herself and embarrassed. She wanted to scream at him but couldn't. She was afraid of him and of the other students who blindly believed in his so-called kindness.

When she had started coming to class three years ago Raphael had tried to force her into his "group." At first he'd behaved sweetly, acting like a mentor to the younger ones, showing them the different areas of the classroom. But Elizabeth had instantly felt uneasy and kept her distance. She'd asked for help from Marissa, an older girl with rosy cheeks and light-colored eyes. Marissa had introduced herself, and both had gotten folding chairs to sit next to each other.

Raphael hadn't liked being ignored and, followed by a herd of kids, approached them to demonstrate some basic chords

on the cello. Elizabeth, after saying, "No, thank you," had sat next to Marissa and, without paying any more attention to Raphael, taken out her cello. Marissa had giggled; Raphael had glared at Elizabeth for a moment.

That was the first time she'd seen the mean look in his eyes.

Chapter Three

The first two years at the El Sistema School of Music had passed without troubles: Elizabeth would sometimes hang out with Marissa, although Marissa had friends her own age.

Elizabeth didn't ignore Raphael completely, but she didn't trust him. He dominated most of the students with his virtuosity on the cello, his jokes, his looks. Even the teachers were taken in by him. Yet she'd seen him in the middle of a tirade, when any of his friends failed to follow his wishes. Humiliation was his weapon of choice—this year, a weapon aimed directly at Elizabeth as his favorite target.

Elizabeth had moved from good to excellent on the cello. The calluses on her fingers were proof of her arduous work. Her cello became a natural part of her, and Raphael knew it. Teachers as well as students were drawn to the beauty and generosity of her playing.

One afternoon four months earlier the orchestra teacher had asked Elizabeth to perform in front of the class and share

her technique with the younger pupils. These demonstrations were usually given by Raphael or another older student. The whole class had immediately checked out Raphael's reaction before they focused on her.

Elizabeth had felt Raphael's eyes on her as she walked to the front of the classroom. Hands shaking, she'd started to play, but her nervousness tripped her up. Elizabeth made a mistake, and Raphael let out an almost imperceptible snicker that she'd heard like an explosion. She'd stopped playing and looked as the other children giggled, following Raphael's lead. Elizabeth felt a pressure on her chest, and for a second she'd been unable to breathe.

"Kids, please! We're all part of the same team. Be quiet! Come on, Elizabeth. Start again. You know this piece," the teacher had said encouragingly.

Elizabeth had finished the piece, but the humiliation weighed heavily on her shoulders. She'd forced herself to walk slowly back to her seat when all she'd wanted to do was run.

When the class finally ended, Elizabeth had quickly gathered her things and, without saying goodbye to anybody, headed for the door. When she was about to cross the threshold, Raphael had suddenly blocked her way, staring at her with contempt. Elizabeth had been startled and tried to get around him but couldn't avoid bumping hard into him.

She'd lost her balance and heard a crack inside the case when she'd crashed to the floor. Elizabeth could feel Raphael standing over her. Marissa and her teacher had come out of the classroom and helped her up. Elizabeth had opened her

case and taken out the bow, which had broken in half. An uneasy crowd gathered around them.

"I'm sorry, Elizabeth. I didn't see you," Raphael had said, feigning remorse, but Elizabeth knew this had been no accident. Elizabeth had silently put the bow back in the case and gone outside hoping her father was already waiting for her.

That night at home, Elizabeth hadn't mentioned the incident, and although she had a spare bow in her bedroom closet, she'd gone to sleep without touching her cello. Raphael's bullying had done its job.

Chapter Four

The teacher came into the classroom, picked up the notices left on the table and, smiling, asked if anybody still needed one. Elizabeth admired the teacher's knowledge of the El Sistema and knew that he was a new graduate of the New England Conservatory through a

fellowship given in the name of El Sistema's founder, Jose Antonio Abreu.

She saw Marissa hurry in and take the piece of paper the teacher handed to her while pointing to his watch. Elizabeth started to calm down after Raphael took his seat.

"He'll forget about me for a while," she told herself, relaxing.

"Did I miss something?" Marissa said in a low voice while sitting next to Elizabeth and studying her face. "What's going on? You're red as a tomato. Even your neck is all red."

"Oh, nothing. They gave us this notice but I still don't know what it's about."

Both turned around when the teacher began speaking.

"Class, I'd like to talk about the announcement I left on the table for you. As if becoming a member of the Children's Orchestra weren't exciting enough, I have another piece of great news for you."

The students immediately stopped to listen.

"OK! I love it when I have your undivided attention. Once the Children's Orchestra is formed, it has been invited to participate next July, right here in Boston, in a cultural exchange program with the National Children's Orchestra of Venezuela. The members are chosen from schools of the El Sistema found throughout their country. This meeting," he said raising his voice, "will end with a joint performance at Symphony Hall, conducted by the world-famous alum of the El Sistema in Venezuela,

Gustavo Dudamel. What do you think about that?"

At first, Elizabeth and the rest of the students did not utter a sound. Then, little by little, they started to cheer. Some were standing, while others jumped or danced. The teacher tried unsuccessfully to continue his explanation. As they calmed down, questions came rushing out.

"Are you sure that Dudamel will be there?" Marissa asked. She knew he was the music director of the Los Angeles Philharmonic and one of the most sought-after conductors in the world.

"How are we going to talk to the other kids? We don't speak Spanish. Do they speak English?" asked Raphael without waiting for an answer to the first question.

Elizabeth couldn't contain herself either and asked the question that many had on their minds.

"Teacher, how much will this cost? My parents work, and I don't know if they can bring me every day."

The teacher sat down to answer their questions and reassure them.

"You have nothing to worry about. All expenses are covered by an anonymous donor who wants to support the El Sistema–inspired schools in the USA and see them grow. The university where the program will be held is allowing us to use its dorms so you don't have to worry about transportation or meals," he said, and then looked toward the cellos' section. "Marissa, Gustavo Dudamel made a commitment to us. I assure you that he'll be here to work with you."

The excited pockets of conversations stopped when the teacher continued.

"Raphael's question is related to the other section of the notice. Turn the page over. Do you see the e-mail addresses? They are divided in two columns: boys and girls. I want each of you to choose an address of someone of your own gender. Once you've decided on one, raise your hand to let me know who you've chosen."

Elizabeth turned the paper over and read the options under the girls' column. Immediately, she knew what her choice would be. *I wonder if that girl in Caracas has a butterfly like mine*, she thought. She raised her hand as fast as she could.

"Let's see, Elizabeth. Which one did you choose?"

"Mimariposazul@ because my e-mail address is Mybluebutterfly@," Elizabeth said with her eyes wide open in disbelief.

"What a coincidence! 'Mi mariposa azul' means 'My blue butterfly' in Spanish," the teacher said, writing down Elizabeth's name and e-mail address next to the one she had chosen.

Elizabeth felt Raphael looking at her when he stood up to give his choice. All the other students waited for him to make his decision; once he did, they gave their own selections.

The teacher took a look around the classroom to make sure everybody had decided on an address.

"Now, I want to explain whose addresses these are. They belong to students of the El Sistema in Venezuela. Like you, they vary in age and will have an audition to become part of their Children's Orchestra. Those who succeed at that audition will be at the cultural exchange program," the teacher said, waving the list of email addresses.

"We thought it'd be great for you to get in touch with them, get to know each other, and support one another. We're aware that the language barrier might complicate the communication process a bit, but we just want you to try since both groups are going through similar experiences. If you don't have computers at home, the school has some available, but we'll need your parent's permission before you can use them."

Elizabeth remembered her birthday present. She would write to Mimariposazul@ tonight. She didn't know what she would say. Her Spanish was very rudimentary: she only knew what she had learned at school and what she had heard in songs. *Is mariposa written with an "s" or a "z"?* she wondered, looking at the list again.

"You may e-mail your cyber-contact whenever you like," the teacher continued. "We already have permission from both groups' parents. Be responsible and kind. Remember that you're representing this school of music and your country. Plus, if you make the Children's Orchestra, and your Internet Venezuelan partner does as well, you'll meet each other during the summer program. So, enjoy!"

The teacher looked at his watch. "We still have a half hour left. Let's play one more piece together, and then we'll break up so that each of you can practice the part you'll be playing at the audition."

The teacher waited until the students were ready. He raised his baton, and with his next movement, music was reborn.

Chapter Five

Elizabeth ran into her apartment followed by her father, who was carrying her cello. She was eager to share the fantastic news with her mother. She had told her father all about it during the ride home.

"Mom! Where are you?" She heard her mother's voice coming from her parents' bedroom.

Elizabeth went into the bedroom with her backpack still on her shoulders and the announcement in her hand. She spoke fast, stumbling over her words, through a smile so large it almost didn't fit on her face. Her mother already knew the news—the school had informed the parents about the possibility of the summer program in the last parent/teacher meeting—but didn't interrupt.

Elizabeth and her mother came out the bedroom and saw Elizabeth's father taking the beginnings of dinner out of the refrigerator and placing them on the kitchen counter. Elizabeth had not stopped talking.

"Can you believe that I already have an e-mail address for a girl in Caracas? And it's the same as mine but in Spanish! We're going to meet at the summer program! I'm going to write to her right now!"

"Calm down, honey. First things first," her mother said, starting to help with dinner. "Go and change out of your school uniform to have dinner. After you finish your homework, you can write to your new friend. Your dad and I are so happy for you. This summer program is an incredible opportunity."

Elizabeth went to her bedroom, got out of her school uniform, and came out again to help set the table for dinner. She didn't want to think about the audition. It made her nervous, but she knew it was the first goal.

"It'll be so exciting to meet new people and work with Dudamel!" said Elizabeth, already seated at the table. "If I do well at the audition . . ."

"No doubt about it! It would be wonderful!" her parents said almost at the same time.

Elizabeth had always been fascinated by languages. Somehow, she understood, that just as music sheets opened a door into the music world, there were many other universes waiting to be explored through words she didn't yet know.

When they finished dinner, Elizabeth helped to pick up and clean. Then she went to her room to do her homework, practice her audition piece, Bach's Suite for Cello Solo no. 1 in G Major, and contact Mimariposazul@. In the bedroom, the blue butterfly hovered above the laptop while the melody that always accompanied it hung in the air.

"I know, I know. I can't wait either," Elizabeth said to the butterfly as it flitted around her and landed on her head.

Elizabeth sat at her desk and took her books and notebooks out of the backpack. She was happy to find there was little homework due the next day. After she was done, she retrieved her cello and practiced until she felt immersed in the music. As she stopped playing, the blue butterfly rose into the air. She fetched her laptop, sat on her bed, and opened it. The melody quickened while the butterfly sat on the right top corner of the laptop.

Elizabeth clicked on the server and was surprised and thrilled to find an e-mail from Mimariposazul@.

"¡Hello! ¿How are you? Me, Isabel and your name what? I from Caracas, Venezuela. I play cello. ¿You write me? Isabel."

Elizabeth had the school's English-Spanish, Spanish-English dictionary next to her. She made sure she had spelled the address correctly and started to write.

"Hola. Como esta usted? Yo me llamo Elizabeth. Isabel en Espanol! Yo de Boston. Yo tambien tocar el cello! Lo mismo! Que divertido! Quiero estar su amiga. Y usted? Elizabeth."

Elizabeth read what she had written. She looked up the word "cello" in the dictionary and learned that it's spelled "chelo" in Spanish. She made the correction and sent the e-mail. Elizabeth fell asleep waiting for an answer from Isabel. Her mother woke her up so she could change into her pajamas and crawl under the covers. Elizabeth pressed one of the computer keys to light up the screen. There was still no answer.

Tomorrow, thought Elizabeth, *I'm sure an answer will come tomorrow.*

Chapter Six

Since that first e-mail to Mimariposazul@ two months before, Elizabeth had written to Isabel every day. Her letters, which had started rather skimpy, eventually became longer with the help of the dictionary. Elizabeth and Isabel shared with each other the details of their everyday life and their deepest thoughts and emotions. Both discovered that they were being harassed by an older boy at their music schools. As their auditions approached, the boys had turned ever more hostile.

Raphael made it increasingly hard for Elizabeth to go to class at the El Sistema School of Music. She would arrive at the orchestra room filled with dread. Raphael and the boys

that followed him around looked at her with disdain and whispered to each other anytime she walked near.

Elizabeth suffered in silence. She was scared to tell on them. She hadn't mentioned anything to her parents for fear they might worry, even though she knew that if things got worse, she would need to tell them about the harassment.

At home, she poured her heart out in her letters to Isabel. Elizabeth knew she couldn't have made it through these terrible times without Isabel's constant help. Yet Isabel's support wasn't enough to keep Elizabeth from dropping out of the audition. She had become more and more afraid of Raphael.

Chapter Seven

The Thursday before the audition, Elizabeth wrote to Isabel about her decision to withdraw from the musical trial in hopes of avoiding Raphael's cruelty. When Elizabeth wrote these words, the blue butterfly, which normally perched lightly on a corner of the computer, started zigzagging angrily in front of the screen. The melody became so loud that after sending the e-mail to Isabel, Elizabeth had to fold her laptop shut and cover her ears. Eventually, the melody quieted down, and Elizabeth felt asleep confused.

The next morning, the melody, now softer and comforting, awoke Elizabeth. She noticed the blue butterfly skittering in a spiral on the surface of her silver laptop. She grabbed her computer and brought it to her bed. Elizabeth saw that Isabel had sent her an e-mail at 1:13 in the morning. She was sure something must've awakened Isabel for her to write that early. Elizabeth wondered if Isabel had felt how upset she was. She clicked on the e-mail and read what Isabel had written.

"¡NO! ¡NO, my friend! You special. No leave audition. I want see you. ¡Please, he stupid! He not sure of himself. ¡Never, never sure of himself! ¡He afraid! ¡You threat for him! ¡You ignore him! ¡Promise to me! ¡Promise to me! ¡Play! ¡Play, forever! Many hugs, Isabel."

When Elizabeth finished reading Isabel's mail, she nodded. Something changed inside her. By the window, above her cello, the blue butterfly danced to the melody.

Chapter Eight

That afternoon Elizabeth ran into the music school trying to shield herself from an unexpected deluge. She shook her head and felt a few raindrops on her arms. She leaned her cello against the wall and her bag on the floor while she dried herself.

When Elizabeth looked up, she saw Raphael and his mother arguing in the middle of the corridor.

Raphael's mom was tall and skinny and wore a long black skirt that reached her ankles and made her look like an arrow. She angrily looked down at Raphael, pointing at him with her index finger and loudly demanding some sort of explanation. Elizabeth felt the wind knocked out of her when she saw the same raging look in Raphael's mother's eyes that Raphael had turned on her. Elizabeth recognized Raphael's nervous and frightened face as the same one she had anytime he looked at her.

For a moment, she felt deeply rattled. Then she smiled, quickly covering her mouth to hide it and embarrassed by her own satisfaction. Just as quickly, she felt a wave of compassion for Raphael. She hated seeing the humiliating scene.

Hurriedly, without taking her eyes off them, Elizabeth picked up her backpack and threw it over her shoulder. When she reached for her cello, the instrument clattered to the floor. Raphael and his mother turned in her direction following the noise. Elizabeth saw the harshness on Raphael's mother's face and the shadow that crossed his when he spotted her. Elizabeth picked up her cello, waved to them, turned around, and started toward the orchestra room.

As she walked down the hallway, Elizabeth remembered Isabel's latest e-mail. How could she have missed Raphael's own hidden fears? She knew she wouldn't be afraid of Raphael again, and that she could forgive him for the way he treated her. Elizabeth heard the melody and felt the butterfly caress her hand with its soft wings.

Raphael walked into the classroom ten minutes later, glancing sharply at her. But now, he didn't disturb her. Elizabeth noticed that Raphael was confused by her new attitude.

Chapter Nine

I t was the day of the audition, and Elizabeth waited in the cello room for her turn. She was practicing with her eyes closed, her fingers dancing on the neck of her cello,

remembering her teacher's advice to always play from the heart and not the head. The violins and violas had made their presentations, and she heard her teacher's voice urging the cello players to get ready. Elizabeth opened her eyes to see Raphael's staring at her. Nothing. She felt absolutely nothing.

When her name was called, she sprang up from her seat. Marissa gave her a big hug. On the way to the auditorium, the melody enveloped Elizabeth like a soothing blanket. The blue butterfly calmly sat on the band of her ponytail. Once on stage, Elizabeth took a bow, sat down, breathed deeply, and began to play.

Elizabeth felt the music take over. When she stopped playing, the judges smiled and, after thanking her, lowered their heads to write down their evaluations. She went back to the classroom, still floating on the music.

The students who hadn't tried out looked at her nervously, but she couldn't give them any advice. When their names were called, she could only encourage them to trust themselves and wish them luck. Elizabeth, satisfied with her performance, thought of Isabel while she waited for the end of the auditions.

After all the students had auditioned, Elizabeth and Marissa were seated in a circle talking and laughing with the other cellists, when they heard the first shouts of excitement. They looked at each other and, without saying a word, ran to the main board. The names of the new members of the Children's Orchestra had been posted under the picture of Maestro

Abreu, the El Sistema founder. Elizabeth felt the melody and touched her ponytail still adorned by the blue butterfly.

Small semicircles had formed around the lists arranged under each instrument. Finally, Elizabeth got close enough to read the names of the chosen cellists. She made out Marissa's name and immediately turned around to congratulate her. She went back to the list and read Raphael's name. Then, she saw hers: ELIZABETH RILEY.

She stared at her name until the butterfly, vibrating on her ponytail, and the melody, playing like a marching band, woke her out of her stupor. Openmouthed, she turned around and started hopping. She thought about her parents waiting for her outside the school and of her friend in Caracas. *If Isabel is selected, too, everything will be perfect*, she thought. Elizabeth went outside looking for her parents' car and saw them smiling when they stepped out of it. Her face's bright glow had delivered the news.

Chapter Ten

Elizabeth liked the coolness of the air conditioning in her parents' car. It was July, and the day was hot and humid. They were on their way to the other side of Boston to drop Elizabeth off at the program.

Elizabeth watched as they crossed the city, passing by its varied architecture. She loved the cleanliness of Boston's

narrow and wide streets; the old buildings that looked like new and the new ones so high and modern. She especially liked the John Hancock building with its countless mirrors and straight lines reflecting the beautiful small stone church across the street. On the plaza in front of the church, some people were eating lunch peacefully as others ran across it in a hurry. Elizabeth took it all in while the melody softly sang in her ear and the blue butterfly held on to her jeans.

Soon, she would meet her dear friend Isabel. After so many months of waiting, Elizabeth could feel Isabel's nearness. She would recognize her immediately. They had sent each other pictures, with their cellos up in the air like trophies, when they found out they both had passed their auditions.

Elizabeth's parents parked their car as close to the university as possible. Elizabeth rolled down her window in a rush to look for Isabel. She knew her friend would be on a bus from Logan Airport, and when she spotted the bus around the corner she raced out of the car. She saw a tangle of people that had gathered to welcome the visitors from Venezuela, including the program director, Dean Mark.

The blue butterfly flew over the many heads, and the melody quickened. Elizabeth, without taking her eyes off the butterfly, followed it, elbowing her way through the crowd standing on the sidewalk. Suddenly, the blue butterfly, radiant against a white cloud, froze in midflight with its wings wide opened. Elizabeth stopped and saw a second blue butterfly.

The butterflies started to dance joyfully, making circles around each other like the double helix of DNA. Elizabeth lowered her eyes and found Isabel's looking right at her. She dropped her backpack and ran to her. They hugged, jumping and screaming each other's name.

The butterflies flitted around each other, carried higher and higher by the melody, until they separated. They looked down at Elizabeth and Isabel just before they flew away to search for the next children who would need them and the melody they brought with them.